歌集

コラールの風

篠原節子

The Choral Wind

Shinohara Setsuko

角川書店

コリールの風　目次

装幀　片岡忠彦

歌集

コラールの風

篠原節子

I

秋の旋律

逝く秋の音で挨拶会話する二つのヴァイオリ
ン協奏曲は

この街に四十年の降りつもり音たて落つる木
の実を拾ふ

踝の落葉に埋む山路ゆけば爪先立ちに未来が
見える

ひとひらの舟にいゆけば聞えくる秋の旋律ラ
フマニノフは

天の祈り人の祈りの交差してベルリオーズの
幻想交響曲

深く生きよ直に生きよときこえくるラヴェル
のチガーヌ炎にも似て

カサンドラ症候群の女たち介護に疲れ自らに
疲れ

オンライン誕生会のとりどりのケーキに揺らぐ蠟燭の炎

星の名もすぐに出で来ぬ君となり顔見合はする川の辺の道

唐破風にマジョリカタイル目新し富士山手招
く京都の風呂屋

ゆつくりと近づく鯉は弦月を見上げあぎとふ
脱け出でたしと

古本に籠る匂ひも瓢箪もみどり児のごと抱き
かかへ行く

ざつくりと花の匂ひを折り取れば秋の体温手
に移り来ぬ

軽やかに筆のはね飛ぶカンバスの秋に死と生
共に栄える

生者死者覇者敗残者みなうつくし紅まんじゆ
しやげあやまたず咲く

夏空のギンガムチェックが秋空のオーガンジーに身をゆづる朝

この一瞬永遠となる夕べあり小鳥の好きな紅きグミの実

ピアノ弾きにもチエリストにも成れなかつた
薔薇窓に照る若きキリスト

ほとばしる熱気・汗・貫禄の反田恭平これぞ
ポロネーズ

弾きつづけ絶ゆる暇なく弾き続けピアノの森
に分け入る男

かくてなほピアノの森にいのちかけ黒鍵たた
くハートーベンは

コラールの風

太陽は強き色生む音を生む地中海なるオ
ー・ソレ・ミオは

ひさびさの明石海峡うみ風に波の光ありコラールのひびき

グノシエンヌ異国のひびき影のごと教会の壁伝ひゆくなほ

たそがれて押し流されて葛《つた》かげにエレン・メ
ルリの歌に溺れる

笑まひつつ失恋さへも浮世の花とエレン・メ
ルリは唄ふ黒衣に

街並は変はれど出窓おし開き冬の運河に月を
呼ぶ女

花ひらく心ひらめくパッサカリア妹みたいに
可愛かつた人

逝く秋の煉瓦老いたる古書街のカラマーゾフよジュリアン・ソレルよ

神々しく少し退屈秋の日のパイプオルガン耳のさびしさ

イエリ・ダラニに捧ぐるラヴェルのチガーヌ
よ今も生きてる百花散りても

手も足も明るめ花の降りしきるエルグレコの
光コラールの風

試し刷り

試し刷りしてみたかつた我が人生ぽわんぽわ
んと霧笛がひびく

それぞれが自由に黙る喜びを切り裂きて秋い
なづま美《は》しき

ヒポポとは河馬の別名光り踊る川に口あけあ
くびをしてる

天王寺七坂たぬきの稲荷社は日本国土が御祭
神とや

手を深く夜に差し入れ引き寄せる大蛇酒なれ
鬼にもあらず

夜おそくいで来し月がこつそりと野良猫てらすヒゲまで白く

細かくて目に見えぬ傷あちこちにファインダーのぞけば苦しき吐息

ムーミンのコップの絵筆洗ひつつ思ふは君に
裏切られしこと

ハチャトゥリアン

レディー・ガガ丹後ちりめんパリコレのドレ
スにするとふ三百年祭

今日はバイオリンのミニコンサートいつもの
先生宅に集まり

弓うなるハチャトゥリアンの剣の舞大草原に
陽は昇りゆく

指揮棒よりハチャトゥリアンの飛び出してコ
サックダンスは速度上げたり

フェニックスホールのチケット飛ぶやうに売
れし演者は珈琲のみぬ

古都京都されどハイカラさん多しイノダの珈
琲洋書なる味

一瞬のまなざしたゆたひ分《わ》か去《さ》れの風に旋律
低くゆらめく

指揮棒に悲しみ・愁ひのミゼレーレ天上の音
耳に張りつく

忘却

志果たせず逝きにし男《ひと》ありき老母残して娘の
こして

忘却のために飲んでる珈琲に携帯電話が追ひ
かけて来る

一月のはかなき言葉が最期なり雛祭りの日待
たず待てずに

ふつふつと沸く珈琲に蛍光灯まぶし過ぎると
フリーランスは

わが箸に真鯛かぶと煮うら返し窓越に見る楊
貴妃ざくら

この世とてあの世とて無く老蝉は死ぬおとぎばなしのツバメの如く

さよならも言へずに逝きし母なりき捧げる花に降る朝しぐれ

ＡＴＭ前指名手配の写真並む一人一人に母は
あるらむ

奥駈け道走るはしる若き僧こころざしのかわ
かぬ内に

八手葉は大きく手ひろげ人間の世界の終はり
告げてゐたりき

はつ夏

沼の様な泡の渦からすくひ取る君の白シャツ
無地の白シャツ

反射する無地の白シャツ君のシャツアイロン
かけて我のと重ぬ

俯きて歩めるときもそら豆のさやは上向き喜
びり声

解体の家より見ゆる大通り行き交ふ車はつなつの風

南風は気もちいいねえ揺れながらシークヮーサーの青実つぶやく

まなぶたにそよと風吹き五年《いつとせ》たちし母の忌日
の若草を摘む

葉ざくらにこもれる妖気胸さわぎ戦闘激化す
ウクライナ前戦

戦場もコロナもいつも忘れてゐたい雨ざらし
の死も屈辱さへも

知らないままで佳かつたね…コロナ禍も核の
不安も母につぶやく

オンライン

コンビニの入店音に新緑の風ふきこみてマス
ク入荷す

マスクずらし呼吸するとき少しだけ自由な空
気が肺胞にゆく

距離とれば音は微妙にすれ違ひ弦楽四重奏は
成立するや

オンラインとは架空の世界ふれあへぬものの触れるふりして

新様式根づく日々なりビニルカーテン・フェイスシールド近づかないで

虚と実は微妙にからみ競ひ合ひ見えぬウイルス浮かび上がらす

あんぢようとはもつと気い使うてと言ふこと陽性率日々上がりゆく

ミュート解除声のひびきてオンラインたちまち難民の話となる夜

オンライン歌会終はれば春雨なり窓をひらきて風のいろ吸ふ

春雷

急襲の雨うちたたく大路なれ人も車も前が見
えない

戦禍なき地球を見たし地下鉄が海鳴りのごと
すべり込む時

一瞬の核の破壊を覚悟してみつむる古都にウ
クライナの旗

教会は神に仕へず人に仕ふ神々しかる法衣の
ひだよ

ピスタチオ専門店にむらがれる若人の見るウ
クライナ情報

藪の樹をのぼりつめゆく紅椿しろ椿とて平和
たのしむ

白昼の月の匂へる一人花見髪に付きにしウイ
ルス払ふ

雨の日はウイルス減るかと古書店の洞にかが
みて掘り出しもの捜す

雨ざあざあざざと降りつづきウツカリカサゴ
も岩根にひそむ

骨のなき水中生物ゆらゆらと千の彩なる幻想
放つ

川底の春めく陽ざしはつはつと柔らな私は水
泡をいだく

春光に黒く群れゐる蝌蚪のゆめ小さきあぶく
にはづみてゐたり

新緑に断種・抑圧のウイグルのニュース今は
中世か耳をうたがふ

ユニクロの製品急に重くなり着るをためらふ
知らぬは不実

耳のそば雨だれ過ぎて春も逝くハーブの鉢に
水ふかくやる

イケメンの五代友厚見下ろせる土佐堀川の牡
蠣舟の春

のど奥にとどめし言葉いつしかに蒸気となり
て玻璃戸はくもる

雛祭り祝へる日本いつまでぞ北方四島尖閣諸島は

ウクライナの空へ届けよ子守唄古都にゆれてる青と黄の旗

チエリストの弓のゆたかさベートーベン三重
奏曲ヨーヨー・マ弾く

デストピア

デストピア夢一つなく黄昏れてアンドロイド
のコックにサイボーグの医者

精神を危くする人増えてきて通天閣は黄いろに灯る

何物も見逃がさぬ眼をもつ者よ鴉は誓ふ「今日も生きのびる！」

見えぬもの視点変へれば見ゆるべしペンキぬ
りたてウイルスべつたり

人の名が思ひ出せないもどかしさオカリナ吹
けばつと浮かび来る

激烈な暑さにみな皆蒸発し気化してゆくよ我
の怒りも

ゆるキャラも淘汰されゆく今ヒマハリ、ウク
ライナちゃんは出現せず

あふれてる絵本にあふれるやさしさが仕事帰りの男買ひゆく

やさしさが侵略に変ずる怖しさ地球の自由は弱者に残酷

夕暮の柔き光の中しのび寄るコロナと核戦争

ずんずんと宇宙開発すすみゆく核に汚れしくらき遊星

崩壊の足音きこゆこの星のつながり過ぎて他
と比べあふ

春なのに寒き空だよ地球捨て火星へ飛ぶのか
イーロン・マスク

繭ごもる蝶かサナギか羽衣か宇宙への飛翔冷凍人間

サイボーグになりても夢叶へたい？「yes」と答へしピーター・スコット

ＡＩは人格継承できるのか？ピーター・スコット肉体ほろぶ

混迷の地球すくふはイノベーション見た事のない未来をつくれ！

Ⅱ

冬空

木枯の吹き抜くる朝は通り過ぐモノクローム
のアーケード下

命とは時間と説きし人ありきゆらりゆらとぞ
豆腐ひからせ

冬来たり喜ぶ風のポセイドン二の腕ほどのマ
グロの刺身

逃げるな、生きて戦へ‼鯨《いさな》尾《を》のあげる雄叫
び紅海の波

冬空のざらついてゐる高みより氷のやうに降
りし来る音

しろき雪祝詞のやうに降り注ぐコロナ怖るる都大路に

こんなにも否定の言葉あふれてる街にそれでも白き雪降る

聖書にも余白はあるか魂しひの水際に立てる
イエス・キリスト

語ること多く残して小雨降る師走の雨のしみ
てゆく朝

想ひあふ心消えればはや他人終ひ弘法くれな
づむ塔

ぽつねんと通天閣のごと立てる大楠の樹よ我
はまれ人

待ち合はせ時の過ぎゆき空暗し木の葉しぐれ
に忘却光る

千年の短歌

千年の短歌がしづかに降りてくる三十六歌仙
それぞれの顔

初手天元封印を解くその一手庭の笹雪しづり落ちつつ

こぐま座の隣る灯しのかの書店うばはるる如く閉店となる

一跳ねの飛蝗にきこゆる冬の霜こころざしとて一つならずや

一葉の井に雷光の走る見ゆ仮通夜なりし人の恋しき

凍る夜の明けて命のよみがへるブリコラージ
」は幅ある思考

森あをく月の光を孕みつつ桜を待てり千年待
てり

歩道

一片の記憶剝離すうすれ陽に流木を待つ運河
ありけり

夕しぐれ冬しぐれとて傘さしぬ玻璃戸の光り
歩道にうつる

びゆびゆつと淋しい冬の風が吹く怪人二十面
相いづこにひそむ

深呼吸一つゆたけく広ごりて空白の街へ黄砂ながるる

いらだちのハローワークの日々語る天津甘栗食べ歩きの男

すきま風吹いてゐるよな劇場の裏動線は非常階段

夕凪の河原街なり〈ミス・パリ〉も〈ダンディハウス〉も妍きそふ春

うららかな春日にウイルス降り注ぎあけぼの
杉が笑つてゐるよ

感染者受け入るるほど赤字出る病院の坂じつ
とり濡れて

散乱光あらく息する昼下がり温水プールの喝采の歌

背泳ぎに青と黄の旗目に飛びこむプールサイドの我は正しい？

玄冬

冬星をかかぐる山空ふるさとの遠き記憶の母
の涙は

寒いねとつぶやきあへば日の暮れて鳥の背な
にも小さき雪片

立冬の塔によりそひ夕焼雲がまの穂みたいに
ふんはり揺れる

とどめ得る若さなど無く手のさびしレモンを
ひとつゆつくりかじる

木枯の吹けば想ふよ君のあの刺すやうなショ
パンの『革命』

いつの間に冬は来たりぬ月光にミュシャの女
は幻想放つ

ふゆ切手買ひに行きにし帰り道ポインセチア
の紅ぞ濃し

コロナ禍に登山部中止ああジャンダルムこそ
我の語り部

冬空に怖いくらいの大き月人類絶滅予言して
ゐる

隠岐群島

波踊るクジラも跳ねる隠岐の海大和朝廷オキ
コクめざし

見てならぬものは見ざりき真夜中を神々過ぐる隠岐群島は

「出やんなよー」窓戸もしめて障子閉ぢ神々過ぐるをただただ待てり

神も町も人の心に寄り添ひて見てはいけない
物ある豊かさ

死にし人の遺骨を散骨する習はし隠岐にはあ
りて小島にまくと

死者生きる島の散骨春と秋カヅラの島に小舟で渡り

一《いち》人《にん》の遺骨砕けば小さなる一つ袋となるを撒くとふ

早拍子オキコク由来の神楽なれ笛はなけれど
太鼓さざめく

風の音霧の音に波の音かさなりゆけばいづれ
月夜ぞ

神よどむ水面にうつる大き月しらじらとして
古代をうつす

春の星

夜の闇に体熱うばはれながら見る星の攻防や
がてみな消ゆ

よろこびは悲しみを呼び退けごろの春の大三
角形せつせつと光る

立春は明日か浅蜊の水吹ける真夜に見し夢あ
とかたもなく

月しろの満ち来る匂ひやはらかく浅き水路に
遠くおぼれる

見渡せる春の青さに深呼吸すればきこゆる花
の咲く音

花散ればさざ波立ちて季すすむ忘れかけてた
夏のざわめき

春潮のうねる裸身の明石だこ売り台より逃げ
すぐにつかまる

花は葉に雲はしぐれとなり果てて分水嶺をぬらし過ぎゆく

春風は早爛熟の気をはらみ鬼はひそむや弦月なれば

春やみに呼気をもらして待ちつづく君はメー
ルを読んでくれてた？

梅雨

緑風にあぢさゐ十薬はなゆれてワクチン予約
の電話通じず

蛇苺毒々しきを一つ食みコロナに勝てる気のしたる午後

雨たたく窓辺に聴けるティーレマン身をつづめ飛ぶ美《は》しきつばめよ

パンの笛ゆれては返す旋律にオリンピックは
早来月と

中野駅なつかしきかな北口の商店街をフリー
ズドライに

気だるさよ雨ふる中に雨が降りレモンサワー
に勢へる泡《あぶく》

リネンシャツ静かに脱いでカンバスに消失点
を決めゆく男

崩壊の予感にふるふ世界なれオリンピックは
無観客にて

枇杷の実は甘く匂ひて揺るるなり魚のやうに
小鳥のやうに

こころへもそつと寄りくる螢なりほのぐらき
風にさえざえゆれて

生成りシーツ黒南風に鳴りはためきて永遠不
滅とおのれ主張す

背開きのうなぎは江戸の名残とか切腹きらふ
武家のならひぞ

関西は腹びらきとか「そっちの方が味のよろし」と鰻屋の主《ぬし》いふ

黒門町出口の鰻屋たれつけず素焼き専門「ごまかしまへん」

精霊舟

父母なきは自由にも似て空広しあざみ咲く川
精霊舟のかげ

同じ空見上げてゐたね君も私もともに父母なく送り火を焚く

うごめけど流されてゆく秋の虫の絶望を見よ一茶となり

彼岸花死《し》人《びと》の声に眼をさます短三和音の風は
透きつつ

もう少し生きてゐようか母はさう言ひてまな
ざし落としたまひし

さし踊り題目踊りの旋律に二千年なる罪業と
むらふ

ああやつと本当のさよなら出来るねと雲の平
にホシガラス鳴く

朝の日に打たれ光れる火打山笈ケ岳はもうす
ぐそこぞ

蜃気楼みゆる富山の海あはし青葉濃き日の別
れを思ふ

螢イカ大きくまなこ見開きて夕焼空の富山湾
領す

複素数いつのまにやら思ひ出し人間世界の混
沌おもふ

虚と実は互に相手にからみつきフェイクニュースの怖しさみる

長刀の刃の重みに骨切りす鱧のうす皮夏のゆたかさ

万葉の花は藤花ころもとも縄ともなして晴れやかなりき

一尋もあらぬ池面を黒南風の渡れば亀の親子かほ出す

ここでしか生きられぬ鯉投げらるるパンくず
見捨てあぶくを一つ

いつの間に送り火となり苧殻焚く瓜馬とうに
やせてゐたりき

コロナ禍に顔を合はさぬ日の続き知らずに死
にしふた親に詫ぶ

「情けないねえ…」と言ひしや墓石に水かけ
親族そろふ

円卓は肘ぶつからぬほどの距離正面むかず真
横も見ずに

五色龍歯

正倉院展コロナの中も開かれて謹しみ拝す五
色龍歯を

天平の風のリリース一線の飛鳥大路は異次元
ロード

沈黙の一行とは何？銅鏡のふちに刻まれし唐
詩の婦人

恐竜の化石か五色龍歯なれ妖しく光るコロナの令和に

疫病をしづめむとてや五色龍歯くすりとなししと千三百年

光明子ゆかりの筆か天平の有心筆なり太々として

梵鐘の微動だにせず夕焼けて春の夕べは魔の時刻かも

五弦琵琶赤漆厨子紅きくつ聖武遺愛の品々い
まも

竜王

羽生やぶれるその一戦に固唾のむＡＩ将棋の
実力を見よ

竜王の破れし一番庭下駄にいづれば池の鯉は
ね上がる

角みちを開けど香子身構へる敵の備へは穴熊
囲ひ

勝ちし方あたま抱へて棋譜をいふ武士の情け
の竜王戦は

いと深き夕闇に立ちつくす元竜王ぱんと手た
たく深き池面に

万緑の底に水音届きつつ白き大鯉まなこ開け
むか

人の世も花筏らし船橋を雨うちたたく春の午
後なり

毛むくぢやらの黒犬傍にひかへ居る樺細工の
男やをら木削る

樺の皮はいではいでは伸《の》して巻きつける茶筒みるう
ち渋味いでたり

Ⅲ

琉球の青

遠目にも琉球の青迫り来て私の中の棘ふかく
なる

降下する海面の青さ琉球の空へ落ちゆく飛機
かと思ふ

この空のこの海の青さを何と呼べばいい？ど
の風もみな琉球へ向く

サトウキビ畑の迷路笑ひ声若夏《うりずん》の島ま幸くあれよ

月満ちて大潮の夜のナマコなれ珊瑚にのぼり産卵する夜

満月から始まる不思議の大産卵オオシヤコ貝
もナマコも煙る

八重山に船で渡れり白カモメ先導するごと輪
を描きて舞ふ

苧麻《ちょま》の茎伸《の》しては成れる括り染め八重山上布
け晴れの衣よ

ミイツジン螢とぶ飛ぶ夜を込めて苧麻の機織
り風呼ぶごとし

括り染め細心にくくり技《わざ》こめ染める都へ献上
八重山上布は

夏を呼ぶ

しゆわしゆわとキリンレモンが夏を呼ぶ木と
木の間太陽顔みす

白《しろ》泡《あわ》の如き美《は》しき花ゆれて折り返しゆくランナーのかげ

投函のポスト近づく真昼の太陽日傘かたむけえいつと投げ込む

夏服の白のまぶしさ菖蒲苑みめぐりてゆく名
を諳んじつつ

アヤメ、杜若、花菖蒲の見分け方教はりての
ち再びめぐる

猫の目に海の夏いろ拡がりて想ひ出いろのピアス転がる

バプテスマ神の愛知る歳となりひつそりと掘る竹の子太く

流しぶき虹の立ちつつ風さそふ悔いありてこ
そ歩む朝を

髪に夏スローライフに盛り上がる八十八夜ビ
ールに乾杯

鉄線花さしうつむきて五月雨をみその子猫と
分かちてゐたり

緑こき日々とはなりぬ親指姫もシャングリラ
も空を飛んでる

黒南風

狐火の龍王山に降りしきるジャンジャン火な
り狼煙のごとく

窓ガラスに頬押し当てて見てる花微光逆光あ
ふれる光

テレワーク普通となりて会議中ハーブの鉢に
雨のくだける

ピアニスト受難の時ぞ会場のキャンセルつづ
き黒南風の吹く

三オクターブ上の声量マリア・カラス歌が豪
華だ愛が華麗だ

大粒の雨ふり来たりざんざざんざ土の匂ひを巻き上げながら

鈴蘭の白き小花は俯きて光る五月に吸ひこまれけり

我庭も小動物の小宇宙あちらで侵略こちらで
防衛

雨の降る時の記念日水どけいさらさらさらと
遅速ありけり

影法師一歩進めば二歩前へ茎のぼりゆく水の

すなほさ

青の夏

青き夏風を呼びつつ黄昏れて君待つ角に子猫
のひとみ

人へだつるアクリル板にゆがむ顔揮発してゆ
くアルコール液

コロナ禍よ酒宴もさびれ夏蔵の窓は小さし雷
鳴とほく

灯に透きて薫れる酒の郡上なり青葉若葉の酒蔵つづく

夜をこめて濾しにし酒よ地震とほく郡上をゆらしかすかにゆれぬ

城さへも返させる故事のあると言ふ和歌の力
よ郡上八幡

別離とて新酒の味に酔ひにつつ郡上八幡風の
盆唄

百尋の一条の滝どうどうと水ただ中に水を押し込む

新緑

銀いろの傘の翼にひとつぶの雨のはじけて梅
雨はじまりぬ

八千歩あるけば悩みのほぐし方三つ思ひつき
おしろい花摘む

敬遠と思へば直球大勝負‼テレビは捕ふピッ
チャーの声

凌霄花《のうぜんかづら》いろ濃くなりて風なぎぬ母逝きてはや
五年《いつとせ》経ぬ

降り注ぐ午後の日射はナイフとなり凌霄花刺
し衰へず

つゆざむにワクチンいまだ打てぬままオリン
ピックの観客数きく

茶葉変へて思ひつく歌一つあり立ち上る薫り
新茶のしづく

夏の陽に水平線はかがやきて吃水線はふかく沈める

雨あかるし生きてゐるつて佳いよねと落つこちて来し青梅の言ふ

忌日過ぎし母の墓石に水参らせ荒草抜きつつ
コロナ禍をいふ

夕空をツバメ飛び去り樹のかげの卵のやうな
枇杷の実揺るる

耳打ちのやうに集まるウイルスは生命体か？
宿主を求め

滔々とコロナ退散祈禱する稲荷社の水無月餅
買ふ

にゅうと出づ仔ねこ親ねこ路地裏の月光に照る大小のひげ

水辺

アメンボが足を伸ばせば水へこみつーいつー
いと水蓮のかげ

をちこちに水蓮の花いろ匂ひ数多の鯉の茎つ
つきをり

水蓮の向うは河骨かほみせて水すまし寄れば
黄の色に叫ぶ

「来てもらはねば虫達に」河骨は水にかほ出
し可憐にゆれる

パン屑を手におぢいさんやつて来る「早う顔
出せ。朝飯だぞ」

名を付けて一郎二郎と呼んでをり鯉は口あけ
夢中に頬張る

おぢいさん空の袋を籠に捨て杖をたよりに小
雨ふる中

梅雨あけの絵

コロナでも螢前線北上中つめたき雨に身ひそ
むるホタル

ホタル舞へホタル飛べよとはやせども身固く
草の陰にひそめり

オリンピック無観客‼バッハ口ごもる誰も手
を伸ばせぬ領域

梅雨明けに早も落ち蟬転がりぬ大地の息吹に
今は身任せ

自画像に本音と建て前揺れてゐる紫銘仙似合
ひし大叔母

コロナなんて関係ないと歌ってるヒマハリの
はな圧倒的黄色

真夏のざわめき

たて横に青葉の光惜しみなく山鉾街道ま夏の
ざわめき

丁と打ちひらと削りて熟練の棟梁の組む祇園山鉾

祇園会の山鉾おほふ金糸銀糸いろあざやかな
イスファハンの風

雲の峰夏のまつりを嘉せむと旋律はゆく祇園まつりの

生き稚児の結界開き鬼神も嘉す長刀鉾ゆく月鉾のゆく

しんしんとヒマラヤ杉の風渡り未来列車は吊り橋走る

吹かれ来て湖の小舟に一休み鳥の背なには虹の断片

半夏生いつのまにやら咲き散りて出払ひつくす救急車あり

三五夜の月は幽けく山の端の青竹若竹香の匂ひ立つ

秋の都

月かげの京の小路に鵺の声せしかと見上ぐ狸
いく匹

重低音ひびく夜の道寺の道きみの声さへ鵺か
と疑ふ

モナリザはまばたきもせず微笑する光の中で
祈り忘れて

口中に饅頭ほろとほどけゆき君とのセッションン今日最後なり

開眼の空の青さを伎楽舞ひゆるゆる歩む紅き革靴

囲碁うたば対ふ敵なし聖武夫人指のしろさの
紫檀にうつる

御《おん》み世は千三百年と開眼に白き巨象の鼻上げ
祝ふ

月かげに真黒き雲のかかり来て裏切りの奈良
かくれゆくなり

夕焼に「新世界」流れる図書館の窓をよぎれ
る秋の花粉群

花粉にも…ブタクサ・ヨモギ・カナムグラあ
り秋の花粉も仲々手強い

視線あり顔を上げれば手配犯の写真並みゐる
銀行ロビー

殺人犯にも兄弟あるらむ貼られゐし手配写真
はみな正面向く

落葉の雨にずつくり濡れ帰る突如鳴りきし訃
報の電話

十年を会はざる叔父の逝きしとふコロナ禍と
てぞ弔電を打つ

初雪

朝からの雪小止みなりやがて晴れ数多の子ら
の声遠近に

雪だるま作り始めし児らの声明るくひびく美
咲公園

バケツかぶりスコップ持ちし雪だるま今にも
笑ひ出さむばかり

食べさしのキャンディの包みで雪だるま飾り
立てたる子の頰まつ赤

大きなる牛小さなネズミに引き継がれ雪景色
の中はにかんでゐる

ネズミ年もあと一週間雪に埋もれし鼠と牛の
笑顔ゑがほ

写メに撮る干支の引き継ぎママ友の甲高き笑
ひ声冬空の下

しろ山茶花

しろ山茶花うき見ゆ夜の道の端の介護施設の
灯し赤かり

地球出ではや六年のはやぶさ2母亡きコロナ
の星へ帰還す

赤茶けしメタセコイアの梢の上にぐいと顔出
すタワーマンション

まなざしに言葉おもへば見えてくる君のやさしさ冬の始まり

フリーランス自由だけれども茫漠とぐるぐる惑ふ冬の蠅かも

谷ぞひの空よく晴れてゐたりけり樹氷こほれ
る音さへ聞ゆ

「掘り出し物ありますか？」と聞きあへる友
といゆきし終ひ弘法

シマアジの銀の光りをのどごしに出づれば氷
雨ふりそむる夜

闇のむかうに手を伸ばしゆく白山茶花つめた
き雨に濡れてなほ

送別の春

蕗味噌の苦味たのしみ箸を取る送別会の書の

師九十歳

萌えいづるものみな匂ひたちやすく淀の川辺の二寒四温

三月の風ふき渡る和菓子屋の創作菓子に透ける浅緑

廃業のお報せ揺るる春の街Uber Eatsは轟
音にゆく

雑踏をゆきかふ孤独…ごろた石一人にならな
きや見えぬものある

あとがき

この第三歌集は、二〇一九年から二〇二二年まで「かりん」に掲載された短歌や他の短歌会、また大会への投稿歌などをまとめたものです。早いもので「かりん」に入会して十三年。いつも御指導頂いている馬場あき子先生、坂井修一様、米川千嘉子様はじめ、「かりん」の先輩方には心よりの感謝を申し上げます。母の介護や両親の死を乗り越え今元気でいられるのは、「かりん」の短歌のおかげです。理解不能と思えた現代短歌も面白く感じられる様になり、目の開かれた想いです。

しかし、一昨年から始まったコロナ禍により、外出もままならない引きこもりの日々。そんな中、オンライン上での短歌会が始まり、遠方の人々とも親しく話せる様になり感謝しています。数多の歌集を読みゆくに二〇二一年秋、馬場あき子先生の一万首を超える全歌集が発刊されました。一読するだけでも二か月近くかかりましたが、本当に感動し勉強になりました。読む度に発見があり、今まで短歌の表面しか見て来なかったことがよく分かり、一歩も二歩も前進できた気がいたします。

長年の夢であった百名山踏破の目標も、今はコロナ禍により一時中止となり淋しき限りですが、ご近所に住む元音大教授の先生宅で音楽を聴く集まりが毎月あり、生のピアノやバイオリン、チエロが楽しめるのが喜びです。この歌集でも詠んでおりますが、少しでもクラシックの佳さを短歌に表現したいものと四苦八苦している日々です。が、なかなか思い通りにはゆかない現実があります。それでも少しずつ向上してゆきたいものと、今日も短歌に全力で取り組んでいます。

この歌集を編むに当たりましては、馬場あき子先生はじめ、米川様や「かりん」の諸先輩方に御世話になり嬉しき限りです。角川『短歌』の編集長矢野敦志様はじめ、吉田光宏様、編集部の方々、そして片岡忠彦様のすばらしい装幀に心よりの御礼と感謝を申し上げます。いろいろと本当に有難うございました。

二〇二二年　初夏のころ

篠原節子

著者略歴

篠原節子（しのはら　せつこ）

1952年　大阪市生まれ

1975年　大阪教育大学数学科卒業

1984年　大阪市内の中学校に数学教師として10年間勤務後、退職

2014年　30年間在職した株式会社ベネッセコーポレーションを退職

2009年　歌林の会入会

2016年　第一歌集『百年の雪』刊行

2019年　第二歌集『雨のオカリナ』刊行

現在、かりん京都歌会支部長

現住所

〒573-1112　大阪府枚方市楠葉美咲3-5-20

歌集　コラールの風《かぜ》

かりん叢書第408篇

初版発行　2022年11月25日

著　者　篠原節子
発行者　石川一郎
発　行　公益財団法人　角川文化振興財団
〒359-0023　埼玉県所沢市東所沢和田3-31-3
ところざわサクラタウン 角川武蔵野ミュージアム
電話 050-1742-0634
https://www.kadokawa-zaidan.or.jp/
発　売　株式会社 KADOKAWA
〒102-8177　東京都千代田区富士見2-13-3
電話 0570-002-301（ナビダイヤル）
https://www.kadokawa.co.jp/
印刷製本　中央精版印刷株式会社
 ISBN978-4-04-884505-2 C0092